妖怪醫院 1
妖怪也會感冒
文 富安陽子 圖 小松良佳 譯 游韻馨

要是那一天我不去白狐堀抓魚，
就不會走進那條不可思議的小巷子，
也不會在那裡迷路。
我在那條巷子的盡頭發現一家醫院，
遇到全世界絕無僅有的
妖怪內科名醫。

目錄

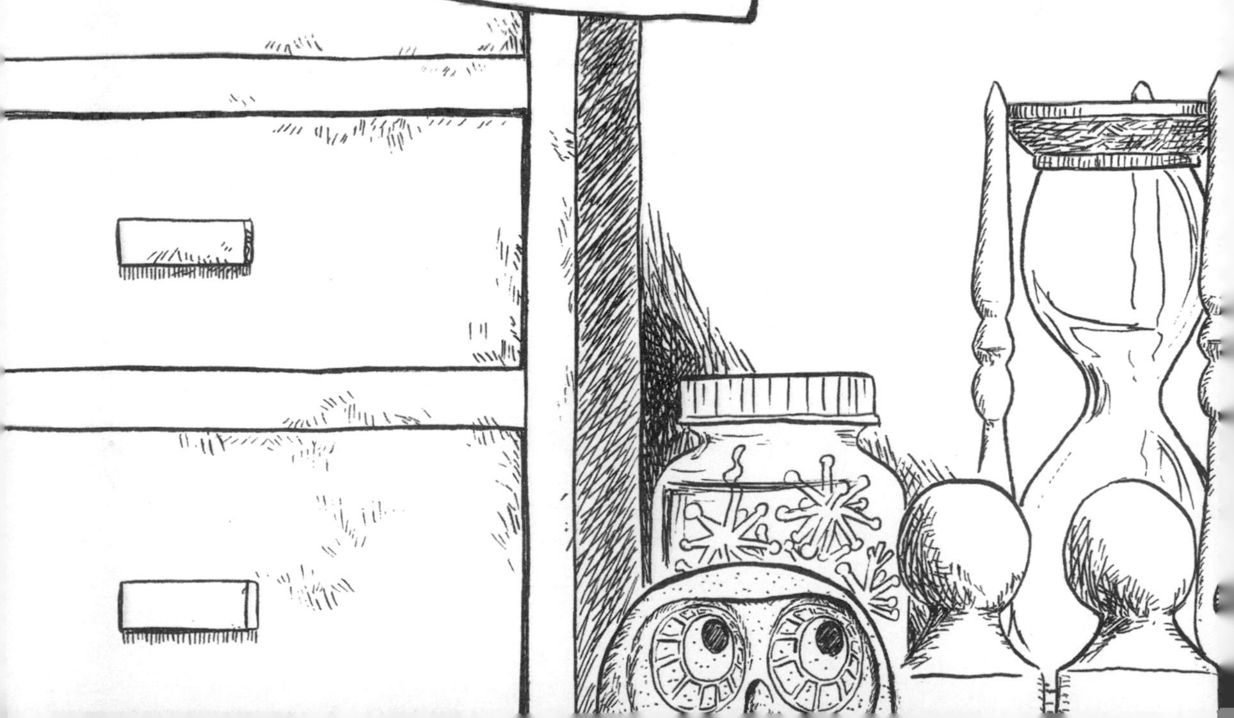

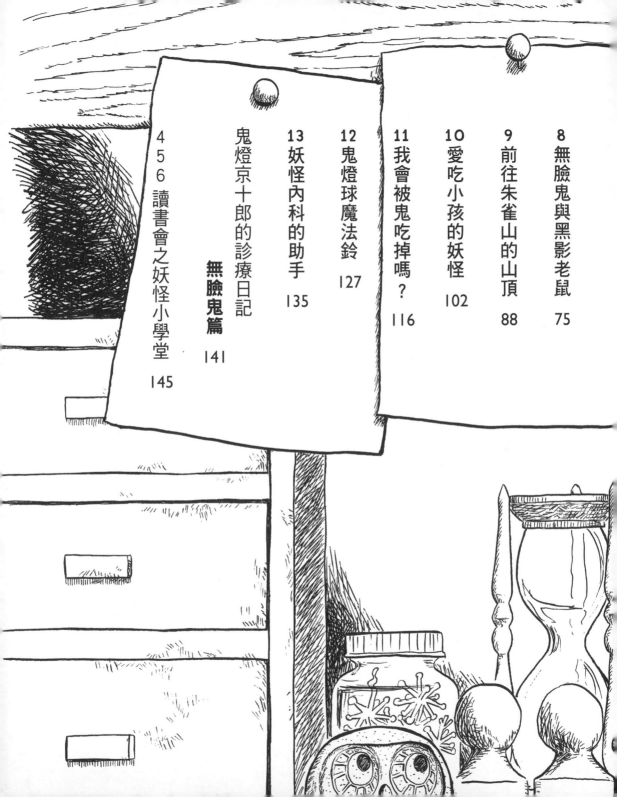

妖怪醫院 1

妖怪也會感冒

文/富安陽子　圖/小松良佳　譯/游韻馨

1 貝殼鈕扣

我第一次遇見鬼燈京十郎醫生，是在十月分的某個星期六。

那天我完全沒有料到會認識鬼燈醫生，只是在偶然的機會下，恰巧走進某條不知名的小巷子，來到鬼燈醫生開的神祕醫院。醫院的屋瓦像魚鱗般排列，屋頂下方有一扇小窗。我從窗戶往內瞧，看見一間小小的診間，正中央有一張黑色皮革扶手椅，鬼燈醫生就坐在椅子上，看起來很不開心。

當時，我完全不知道他就是全世界絕無僅有的妖怪內科醫生，我也不知道那是鬼燈醫生天生的長相，他並不是因為發生什麼事而不開心。

話說回來，在遇見鬼燈醫生之前，我從來沒聽過這個世界上有專門治療妖怪的醫生，不知道妖怪也會生病。

我猜想就算去問學校老師、補習班老師或是爸爸媽媽，他們應該也不知道有這種事。

他們不知道的原因很簡單，因為鬼燈醫院根本不在我們生存的這個世界，而是在另一個地方；照理說，不可能有任何人可以進入通往那個地方的入口。

如果真是如此，我為什麼可以進入那個入口？相信大家都很想知道。說得簡單一點，這一切起因於那一天，我到羽束神社①後面的排水溝抓小鯽魚。

神社後面有一條排水溝叫做「白狐堀」，水溝旁有一座小小的稻荷堂②，裡面供奉著很久很久以前住在神社境內的白狐。從稻荷堂旁探頭看向排水溝，可以發現一大群小鯽魚在陰暗的水底游動。我的同學山下向我炫耀，上個星期天他在這裡抓到四條小鯽魚。

輸人不輸陣，我怎麼能讓他專美於前？我一定也要抓到小鯽魚才行！於是那天我從家裡帶著魚網和水桶，衝到排水溝抓魚。結果魚網裡撈到的不是小鯽魚，而是一顆貝殼做成的鈕扣。

我拿起那顆貝殼鈕扣仔細看，發現它上面有兩個小洞，散發出

漂亮光澤，看起來很精美。我捨不得丟，順手將它收進口袋裡。

我完全沒想到，這顆鈕扣就是帶我走進神祕世界的重要寶物。

①日本傳統宗教「神道教」的祭祀場所，類似臺灣的廟宇。主要祭祀對象為天照大神，同時崇仰自然萬物及各種神靈，最具代表性的是掌管財富與農作物的稻荷神社。

②位於神社境內的祭祀廳堂，供奉祈求五穀豐盛、生意興隆、消災開運的稻荷神。由於日本從中世紀開始將狐狸視為稻荷神的使者，因此供奉稻荷神的神社或廳堂裡都有狐狸石像。

2 陌生小巷

中午時間一到，附近工廠報時的鈴聲響起，我的肚子也跟著叫了起來。雖然我一條魚都沒抓到，還是決定帶著空水桶和魚網回家。

從羽束神社走到我家要花十幾分鐘；若是騎腳踏車，一下子就能到家。但那天我打算提著裝滿小鯽魚的水桶回家，所以沒騎腳踏車出門。

「早知道我今天會提空水桶回家，早上就應該騎腳踏車出門。」

我一邊想，一邊走過神社境內，穿過正面的大鳥居③，往門前町的大

馬路走去。

門前町四周都是傳統日式房子，低矮的稻草屋頂往外延伸，遮蔽陽光的屋簷緊密相連。秋高氣爽的正午陽光照著屋簷，穿過稻草縫隙，在地面灑下一大片涼爽的陰影，讓我好想在這裡睡午覺。

大馬路上空無一人，連一隻小貓也看不到。

我獨自走在寧靜的柏油路。現在是中午吃飯時間，家家戶戶都在準備午餐，咖哩的香氣、炒飯的油香沿著陰涼的屋簷飄了出來，我忍不住深吸一口氣。

我的肚子又叫了起來，讓我不由得喃喃自語：「討厭，我好餓

喔……」此時我已經看到這條大馬路前方、連結南北向與東西向兩條馬路的「玉之辻」十字路口。接近十字路口的前方有一座郵筒，就在我經過郵筒時，有一個奇怪的景象引起我的注意。

在我的印象裡，這個郵筒應該佇立在沿著大馬路興建的黑色圍牆前，這道黑色圍牆與隔壁民宅的白色圍牆緊密相連；今天我卻在郵筒後方看到一條小巷。

我再仔細一看，黑色圍牆只到郵筒前方，黑牆與白牆之間出現了一道像縫隙般的窄巷，筆直的往後方延伸。

我感到非常意外，忍不住低聲說：「咦？郵筒的位置好像跟以

前不一樣了？這裡以前有這條巷子嗎？」

我偏著頭往巷子裡看去，看到一名男子快步往裡面走的背影。

「那個人要去哪裡啊？這個方向好像可以到里民活動中心……說不定走這條路可以通到里民活動中心附近，這樣回家就快多了！」

我的肚子已經餓到咕嚕咕嚕叫，所以現在發現這條小路，我覺得自己很幸運。我跟著那位身穿白襯衫的男子，走進了從未見過的小巷子裡。

小巷子的路面是用乾土壓成的，兩側圍起高高的木板牆和厚實土牆，寬度只夠一個人通行，真的很窄。這條巷子像是在兩邊的房子之間鑿出一條縫隙，往前無限延伸。

在這個我每天都會經過的街道內，竟然藏著這條祕密窄巷，讓我感到很驚訝。我一邊在陰暗小巷裡走著，一邊猜著這條巷子究竟通往哪裡？

穿著白襯衫的男子就在我前方幾步的距離，只見他駝著背快速往前走，我也趕緊加快腳步跟上他。

不知走了多久，還沒看到這條小巷的盡頭。風不時從前方灌進來——這條小巷看來是用來保持通風，可是，我走了又走，遲遲看不見出口。

最令我驚訝的是，這條小巷又直又長。照理說，由房子空隙形成的窄巷應該是彎彎曲曲的，就像是在走迷宮一樣。但這條路完全不是這麼一回事。感覺像是有人在街道用尺畫出一條筆直的巷子，從頭到尾沒有任何弧度，更別說是岔路了。我從來沒看過一條巷子

這麼長又這麼筆直。

走在這條看不見盡頭的巷子裡，我心中漸漸感到不安。

我忍不住想放棄，興起「乾脆掉頭算了……」的念頭。停下腳步回頭一看，卻看到令我嚇出一身冷汗的場景。

入口竟然不見了！我明明一直往前走，沒有左彎也沒有右拐，我的身後居然一片漆黑，完全看不見剛剛走進來的巷口。暗巷入口像是被漆黑暗影吞沒，消失無蹤。

---

③鳥居是日本神社的入口，主要用來區分神域與人類所居住的世俗界，可將它視為一種「門」。大鳥居指的是位於神社最外面的鳥居。

3 妖怪內科之鬼燈醫院

既然無法回頭，我只好繼續往巷子裡走。一轉身又嚇了一跳，忍不住倒吸一口氣。

剛剛還走在我前面的白衣男子，現在竟然不見了！這究竟是怎麼一回事？現在在我眼前的，只有一條昏暗不清的狹窄道路。

「現在只剩下我一個人了……」一想到這裡，我不禁擔心起來。我現在只想趕快走出這條小巷，所以三步併兩步，跌跌撞撞的往前跑。高聳的牆壁夾著狹窄路面，加上陰暗不明的光線充滿壓迫感，

像是要淹沒了我。我的心臟撲通撲通的跳。

原以為再也走不出這條小巷，沒想到我居然看到出口了！

走出小巷盡頭，那裡有一棟房子，外牆上的奶油色油漆看起來漆了很久，感覺有些暗沉。

房子正面是一扇沉重的木門，我抬頭望著外玄關，心裡想著：這裡似乎就是那條長巷的終點。剛剛走了那麼一大段路，終點竟然是別人家，真是白走了！話說回來，如果這裡是巷子的終點，剛剛那名男子到底去了哪裡？難道他走進這棟房子了嗎？

這時候我才注意到大門旁有一個招牌，上面寫著「妖怪內科・

鬼燈醫院」。看來這是一間醫院。可是，什麼是妖怪內科？不僅如此，醫院的名字也好奇怪，明明是醫院卻用「鬼」這個字，感覺有點可怕。我還是趕快離開這個鬼地方好了。不過，我該怎麼出去呢？

我回頭看了一下剛剛走過來的入口，望著那條昏暗狹長的巷子，我告訴自己千萬不要再走進去。

既然如此，就要找其他出路。我猜想往後方繞過這間醫院的庭院，一定可以找到通往大馬路的出口。

決定這麼做之後，我開始繞著房子走。醫院屋頂蓋著一片青銅色屋瓦，在藍天的襯托下十分耀眼。我繞過屋簷下方，穿過茂密的山黃柏樹林，偷偷走到房子後面。

醫院後面有一座用紅磚牆圍起來的圓形庭院，庭院裡綻放著遲開的玫瑰花、色彩繽紛的大波斯菊、紅色雞冠花與黃色萬壽菊，百花齊放、美不勝收。每株花都有無數綠葉襯托，填滿了小小庭院，彷彿占領了這一片天地。

「醫生，求求你看看我，我這兩天都是這個樣子……」此時房子裡突然傳出說話聲，我趕緊往奶油色牆面靠過去，避免被發現。靠近庭院的落地窗是開著的，可以聽見有人在房子裡說話。

剛剛說話的男子繼續以高亢的聲音說：「你看看我，我從前天就開始變身，卻完全變不回來。再這樣下去，我可能無法恢復原狀；要是真的變不回來，我也不想活了……」

我聽著房子裡的對話，不禁心想：「變身是什麼意思啊？」

此時，另一個人開口說話，聲音聽起來低沉又有威嚴：「是你變身太多次了。我之前不是警告過你嗎？千萬不要因為好玩就一直變成人類，否則後果不堪設想。變身過度有礙健康，這是妖怪醫學界的常識，別跟我說你不知道喔！才剛剛學會一點皮毛就得意忘形，到最後無法變回原形的妖怪我可是親眼見過好幾隻呢！」

變身過度？妖怪醫學界的常識？見過好幾隻妖怪？他們到底在說什麼啊？他們又是誰？我滿腦子都是這些問題，我真的好想知道答案喔！

我再也按捺不住焦急的心情開始左右張望，想辦法找出可以偷看到房子裡的方法。我抬頭一看，發現這面牆上有一扇小窗。我毫不猶豫的將自己帶來的桶子倒放在地面，接著踩在桶子上，探頭往窗戶裡看。

撲通撲通撲通！我的心跳得好厲害。

4 變身？不變身？

我探頭往屋裡看，第一眼看到一名瘦瘦的男人翹著腳，坐在一張黑色皮革扶手椅上。

他身穿白袍，胸前掛著聽診器，額頭正中間還戴著一個銀色圓形反射鏡。

雖然從穿著打扮來看，他像是一名醫生，但他給人的感覺卻更像是會使出詭異魔法的巫師，或是會耍障眼法的魔術師。

他的一頭黑髮從眉心往左右兩邊中分，髮尾在兩耳上方翹起，

高挺的鷹勾鼻下掛著捲翹的八字鬍，倒三角形的下巴線條勾勒出剛強的個性。

他的眼神十分銳利，我幾乎以為他發現我在偷看他，忍不住嚇出一身冷汗。還好只是我多心。

那個男人根本沒注意到小窗的動靜，他的全部心力都在眼前的病人身上。

了解屋內的狀況後，我鬆了一口氣。再次伸直剛剛往下縮的脖子往裡看，終於看到坐在鬍子男對面的病人背影，我差點叫了出來。

他就是剛剛那個人！就是那個穿著白襯衫、駝著背，走在我前面的男子！他果然走進了這間房子裡。

正當我還在回憶剛才的情景，那名男子身體稍微往前傾，對著黑鬍子男說：

「鬼燈醫生，不要這麼說嘛！拜託你救救我，幫我看看到底哪裡不對勁，為什麼我不能變回原形？找出原因後一定要開特效藥給我吃，求求你了！要是我這次能恢復原狀，我保證我一定會聽醫生的話，再也不變身。」

他的聲音很高亢，是我之前聽到的那個說話聲。我很好奇白襯衫男究竟是什麼人。

不僅如此，他們說的每一句話都引起我的好奇心。變身到底是什麼意思？他們到底在說什麼？

眼神銳利的黑鬍子男面對我的方向坐著，重重的嘆了一口氣。

「要是有特效藥，我就不用這麼辛苦了。唉，算了，告訴我你的症狀吧，說得詳細一點。你剛剛說你前兩天就變成這樣——你變身的時候，人在哪裡？」

白襯衫男回答：「我想想……我在日暮山森林的草叢裡。當時我已經有一陣子沒去人類世界，正打算到小鎮上玩，所以就想稍微換個模樣，變成現在這個樣子。」

「你施展魔法的時候有沒有發生什麼怪事？比如說，這次很難變身，或是忘記收起尾巴之類的事？或者出現頭痛、眼前閃出火光等現象？」

「沒有任何異狀，跟以前一樣，一下子就變身完成。我變成人形後，立刻跑出去玩了。」

「你何時發現自己變不回來？」

「我想想……我記得那天傍晚我從小鎮回到森林裡，想要解除魔法卻解除不了。所以說，應該是前天傍晚發現的。」

「嗯。」黑鬍子男雙手抱胸。「你在小鎮裡有沒有遇到什麼奇怪

押す
大特價

的事情？你那天在哪一帶閒晃？」

「我先去車站前面的『究極屋』超市，在試吃區吃了一些東西。然後去商店街的電器行前看了一會兒電視，再爬上車站前面的大樓屋頂欣賞人類世界的風景，在那裡待了一陣子……」

說到這裡，白襯衫男突然想起一件事。

「啊，我想起來了！後來我想去羽東神社跟老大打聲招呼，於是走到白狐堀，在那裡遇到有人出來遛狗。那隻狗一直對我狂吠，又掙脫繩子向我衝來。我嚇了一大跳，差點就要露出尾巴，還好我立刻爬上排水溝旁的石牆，才躲過一劫。當時真的是千鈞一髮啊！」

此時，我看到黑鬍子男的眼中閃出一道精光。

5 你是誰？

「我說你啊，」黑鬍子男氣定神閒的對著白襯衫男說：「你身上那件襯衫由上往下數的第二顆鈕扣到哪兒去了？其他鈕扣都在，只有它不見了。你一開始變成人形時就沒有那顆鈕扣嗎？還是本來有，後來不曉得掉在什麼地方了？」

白襯衫男一聽，立刻從椅子上跳起來，椅子被他突如其來的舉動撞得喀答喀答作響。他低頭看向自己的胸口，雙手摸遍襯衫每一處角落。

「不會吧！怎麼會有這麼蠢的事！太倒楣了吧！」

正當白襯衫男手足無措、絕望大叫之際，我想起之前收在口袋裡的那顆貝殼鈕扣。

黑鬍子男嚴肅的盯著白襯衫男看，態度威嚴的說：

「你忘了嗎？『不欠不缺』是變身術的基本原則！變身時身上有哪些東西，想要變回來時就必須保持原有狀態，不能缺少任何一樣東西，這一點你應該知道吧？假設你變身時穿著袈裟、手拿念珠、腳踩草履鞋，解除魔法時也要穿戴袈裟、念珠與草履鞋，否則無法恢復原狀。無論是少了袈裟、念珠或掉了一隻鞋，都無法變回來。

「話說回來，要是那顆鈕扣是你變身後才掉的，那就大事不妙了！一天找不回那顆鈕扣，你就一天無法變回原形；要是一輩子都找不到……你就一輩子這麼過吧！」

「我不要……」白襯衫男絕望的哀號著，看起來垂頭喪氣、萎靡不振。「一定是那個時候掉的——我爬上石牆時注意力都放在小狗身上，影響到變身法力。沒想到我竟然會掉了一顆鈕扣……那一顆小小的鈕扣要是滾到排水溝裡，說不定早就被魚吃掉。我完了！沒有那顆鈕扣，我也別想變回原形……」

聽到白襯衫男這麼說，我沒辦法坐視不管，完全忘了自己正從小窗偷窺他們，忍不住大叫出聲：

「你說的是這顆鈕扣嗎？」

話一說完，房子裡的時間彷彿凍結。沒有人開口說話，也沒有人做出任何動作。

看到如此尷尬的場面，我心中大感不妙，黑鬍子男的犀利雙眼轉向我，直盯著我看。這次換我不敢動彈。

只見他慢慢起身，往牆壁方向走過來，站在小窗前雙手插腰，雙眼注視著我。我像是被蛇盯上的青蛙般全身僵硬，忍不住在水桶上「立正站好」。

黑鬍子男問：「小朋友，你是誰？你叫什麼名字！」

如低音提琴般沉穩威嚴的聲音傳入耳中，我忍不住抬頭挺胸，照實回答：

「我就讀丸山國小五年二班，座號是二十八號，我的名字是峰岸恭平！」

「告訴我，恭平，你為什麼會在這裡？」黑鬍子男接著問。

我回答不出來，維持著「立正站好」的姿勢。此時白襯衫男往我這裡走過來，突然興奮的大喊：

「啊！就是這個！這是我的鈕扣！真的是我的鈕扣！醫生，這個小朋友拿著我的鈕扣！」白襯衫男看著我放在小窗前給他們看的鈕扣，語無倫次的大叫著。

黑鬍子男看向我用手指頭捏著的鈕扣，態度從容的對我說：「我覺得應該再問你一個問題：你是怎麼拿到這顆鈕扣的？」

我決定先從最簡單、最容易回答的答案說起：「我本來想去白狐掘抓魚，沒想到用魚網撈魚時撈起了這顆鈕扣。」

一聽完我的回答，白襯衫男伸出雙手，使出全身的力氣大叫：

「還給我！那是我的鈕扣！還不快還給我！」

看到白襯衫男的舉動，我嚇了一大跳。

此時黑鬍子男制止他：「這位小朋友可是好心將鈕扣撿回來還給你，你這麼說話太失禮了吧？也不想想你剛剛還一把鼻涕一把眼淚的說沒有那顆鈕扣就完了，你至少也該說聲謝……」

黑鬍子男的話還沒說完，白襯衫男忽然伸手將我手中的鈕扣搶過去。我還來不及尖叫，只能呆呆的看著他搶過去。我人在窗外，根本沒辦法再搶回來。

白襯衫男從我這裡搶過鈕扣後，立刻將鈕扣放在胸前。只見那顆鈕扣像是被吸住一樣，回到襯衫上原有的位置。明明沒縫上去，卻緊緊貼在第二個扣眼上，真是不可思議！

「得救了！」白襯衫男開心的舉起拳頭，對著天花板歡呼，下一秒便往庭院跳。由於他的動作太快、太突然，我根本來不及看清楚。只看見一團白色物體穿過房間，從敞開的落地窗滾到外面去。

秋日將庭院照得暖洋洋。這團白色物體滾到庭院的那一刻，突

然從白色變成褐色，繞過房子角落，從我的腳下跑掉了。

那團物體掠過我腳下的藍色水桶旁時，我發誓我真的看到了一條粗粗的褐色尾巴，庭院裡的泥土還清楚印著四隻腳的動物腳印。

此時我還不知道自己到底看到了什麼，也搞不清楚目前的狀況。不一會兒，我又聽見那股低沉威嚴的聲音。

「簡單來說，多虧有你，那傢伙才能符合『不欠不缺』的條件，變回原形，真是可喜可賀。我想你應該看到那傢伙的原形了吧？那傢伙是住在日暮山不動岩裡，以為自己很厲害的狐妖。」

這一切就像一場夢。我緊緊盯著黑鬍子男的臉，戰戰兢兢的

問：「大叔……請問大叔，你是誰？」

黑鬍子男聽我這麼問，立刻挺起胸膛，用手指捏著捲翹的八字鬍，自豪的報上自己的名字：「我叫鬼燈京十郎，是當今世上獨一無二、偉大的妖怪內科專科醫生。」

我吞了一口口水，仔細觀察站在我眼前的這個男人。原來門上招牌寫的是他的名字啊，而且這個人還是位妖怪內科醫生。

鬼燈醫生看我不發一語，隔著小窗對我笑了笑。

「別一直站在那兒，從庭院那裡繞過來，進來坐坐吧！我想知道人類小孩是如何走進那條鬼燈小路到這裡來。」

我照他的話走下水桶，將魚網靠在牆上，走過從樹葉縫隙灑下耀眼陽光的庭院，進入充滿藥品味道的小房子裡。

這就是我與鬼燈京十郎醫生相識的經過。

6 鬼燈京十郎醫生

我走進鬼燈醫院的診間，坐在病患專用旋轉椅上，將我當天誤入陌生小巷的來龍去脈，一五一十的說給黑鬍子鬼燈醫生聽。

鬼燈醫生聽完之後只點點頭「嗯」了一聲，接著對我說：

「我猜你撿到的那顆鈕扣與妖怪主人彼此相連，才會將你帶往那條巷子的入口。那顆鈕扣原本就是狐狸身體的一部分，所以它會自動尋找自己的主人，希望回到主人身邊。」

說完之後，鬼燈醫生一邊拉著下巴的鬍子，臉色凝重的思考了起來。

不一會兒，他開口說：「我之前已經將鬼燈小路的入口封起來，避免人類闖入，但你還是走了進來。這代表裝在入口大門的感應器沒有發揮作用。可能是因為你手中握有狐狸的一部分，所以感應器也把你當成妖怪。看來我得調整一下感應器才行，要是再有什麼意外，讓人類在這家醫院附近晃來晃去，那就麻煩了。」

「為什麼？」我忍不住開口問。「為什麼人類來這裡會很麻煩？難道醫生不是人類嗎？」

鬼燈醫生立刻瞪大眼睛看著我，我彷彿聽見眼球朝我掃過來的

聲音。他接著回答：「我是不是人類一點都不重要，至於為什麼人類來這裡會很麻煩……因為我光是幫妖怪看病就忙不過來了。外面多的是幫人類看病的醫院，但幫妖怪看病的醫生只有我一個人啊！」

就在此時，醫生的背後突然傳出一陣尖銳的叫聲。

「呼嗚嗚！呼嗚嗚！呼嗚嗚！」

我看向醫生身後的辦公桌，發現桌子角落放著一個貓頭鷹石雕，它竟然正張著嘴大叫。

鬼燈醫生被貓頭鷹吵得受不了，轉過頭看著它，問：「什麼事？又是誰在緊急呼叫？」

「緊急呼叫、緊急呼叫！你不要看錯了，我是貓頭鷹，不是九官鳥！」

這座貓頭鷹石雕竟然還會大吼大叫的說冷笑話，我在一旁看得目瞪口呆。

鬼燈醫生對貓頭鷹說：「我知道，你是聰明的貓頭鷹。那麼，聰明的貓頭鷹大人，請告訴我這次呼救的急診病患在哪裡？我要去哪裡找他呢？」

那顆圓滾滾的貓頭鷹石雕在桌子上咚咚咚的轉換方向，眼睛看向打開的落地窗外，直盯著某一點。

貓頭鷹說：「往北北東方向，天狗『八光坊』在青龍山的山頂呼救。他不小心從雲朵上踩空掉下來，鼻子撞到地面骨折，真的好慘哪！」

鬼燈醫生回答：「又是那隻天狗老頭？今年他已經是第三次求救了耶！第一次說『胸口好痛，我快死了』，我趕去一看才發現原來是他吃太多紅點鮭；第二次又說『耳朵突然聽不見』，到現場才發現他的耳朵裡長了香菇！害我還要幫忙摘『天狗菇』，真是會折騰人。這次竟然又說鼻子骨折！」

醫生嘴裡碎唸著，雙手還不忘將必備藥物、繃帶、OK繃全部塞

進一個大大的黑色看診包。我在一旁靜靜看著他。

突然，醫生停下手邊的動作，不耐煩的「嘖」了一聲說：「糟了，我忘記今天下午還有一隻妖怪已經預約看診。」接著轉頭對我說：「小朋友，在我回來之前，你幫我好好看著這裡。」

「什麼！我嗎？幫你看家？你要留我一個人待在這間奇怪的醫院裡？」我驚訝的大叫。

「什麼叫奇怪的醫院？我根本沒邀請你，你就擅自跑到我家來，我都沒計較了，你還說這種話，太失禮了吧？不要擔心啦，只要幫我看著就好，一點都不難，算我拜託你。預約患者來了之後，請他

在候診室坐著等就可以。除此之外，其他人來就說醫生不在，請他下次再來。」

7在醫院留守

雖然醫生說只要幫他看著，一點都不難，但我還是很不想待在這裡。這家醫院的招牌寫著「妖怪內科」，來這裡的病人當然只有妖怪。我一個人待在醫院留守，還要叫特地來這裡看病的妖怪下次再來，真是太危險了！要是其中有吃人的妖怪，一看我是人類的小孩就想吃掉我，那不就糟了！

鬼燈醫生見我沉默不語，像是看透了我的想法，從黑色包包中拿出一張長紙條對我說：「你轉過去，我在你背後貼一張護身符。

只要貼了這張護身符，妖怪就看不到你，你也不用擔心那些存心不良的妖怪攻擊你。此外，只要病患走進醫院玄關，裝在門口的鬼燈球④造型門鈴就會發出叮鈴咚隆的聲響。你聽見門鈴聲就走進診間旁邊的配藥室，打開櫃檯窗口，對著候診室裡的病人說『鬼燈醫生外出看急診病患，現在不在』，這樣就可以了。」

牆角的辦公桌旁有一道白色窄門，醫生指著那道小門向我解釋。我想那應該就是配藥室的出入口。

醫生接著又提醒：「不管對方說什麼，你都不要聽。他們對你發脾氣、鬧彆扭、抱怨或咆哮都不要理會，只要對他們說『我什麼都不知道，請下次再來』就可以了，知道嗎？」

「……知道了……真的沒問題嗎……」我低聲的抱怨了幾句，轉過身去，讓醫生將護身符貼在我的背上。

照理說，我應該斷然拒絕醫生的請求；但仔細想想，我不知道他是不是人類，要是惹怒他，他一氣之下把我吃了，那就慘了。

「好了，我出門嘍！我很快就回來。」醫生揮著手對我說。

我突然想到一件事，趕緊開口問：「預約的患者是誰啊？」

鬼燈醫生剛從落地窗走出去，一腳踩在明亮的庭院裡，聽到我這麼問，他慢慢轉身對我說：「是無臉鬼……」

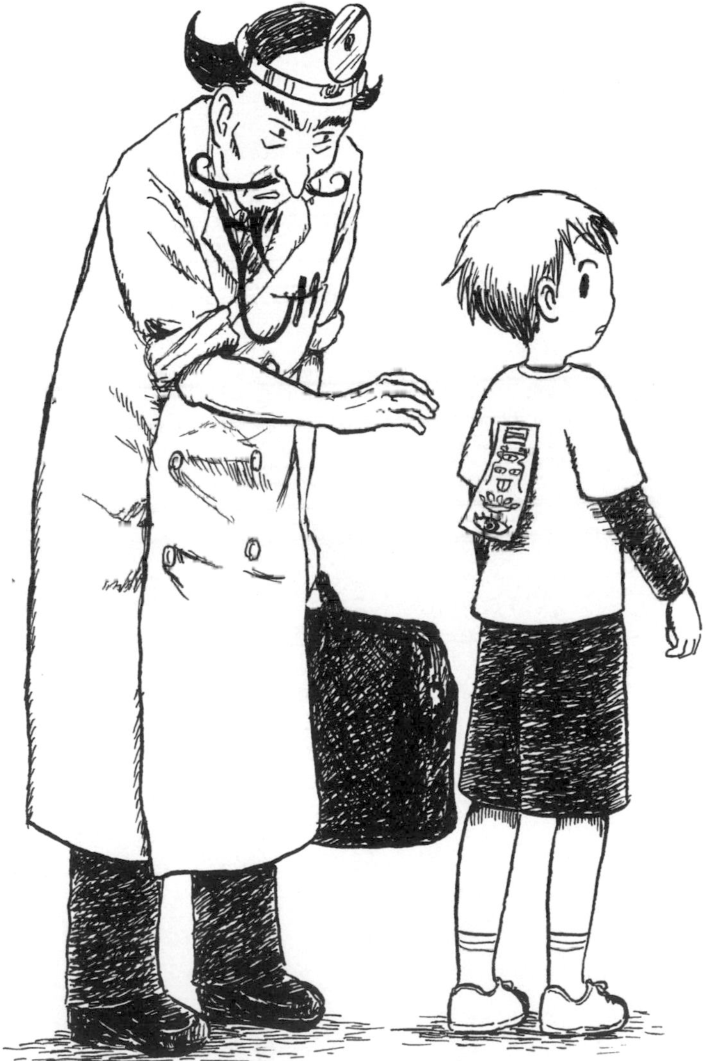

「什麼！」我嚇得大叫出聲。醫生立刻拔腿往庭院外圍的紅磚牆跑去。

我一看到醫生拔腿狂奔的模樣，焦急大喊：「等一下！我不要！我不想看到無臉鬼！我不知道要跟無臉鬼說什麼！再說，無臉鬼會說話嗎？他又沒有眼睛、耳朵、鼻子和嘴巴，要怎麼說話啊？」

「沒問題，你可以的！我很快就回來，馬上就回來！」醫生一邊說一些空話敷衍我，一邊對我揮揮手，走進玫瑰叢裡。

「給我等一下！」我跳進庭院想要追上鬼燈醫生，撥開玫瑰叢探出頭去，看見紅磚牆上有一道後門；那道木製小門剛被打開，門片正緩緩關上。

我趕緊跳到剛關上的小門前用力轉動黃銅門把。可是，無論我怎麼用力又推又拉，甚至搖動門把都打不開小門。

醫生一定是從這道小門出去的。

我就這樣一個人被留在醫院裡。

「可惡！」眼看無計可施，我用力踢了小門一腳，就在這個時候——

叮鈴咚隆、叮鈴咚隆……

從昏暗的診間另一邊，傳來輕輕的門鈴聲。我立刻在紅磚牆的

小門邊站好，轉頭看向醫院。

叮鈴咚隆、叮鈴咚隆……

我可以確定那是門鈴聲，有人打開玄關門走進醫院，接著我又聽到大門關起來的聲音。

到底是誰呢？不曉得這次來的是什麼樣的傢伙？會不會是就是那個無臉鬼？

我再次看了一眼那道打不開的小門，放棄逃出去的打算。我輕輕移動腳步，避免發出聲音，迅速跑回診間裡。接著跑到牆角，打開白色小門，躲進配藥室中。我打開配藥室牆上的小窗，觀察候診室的動靜。

我發現候診室裡有人……嗯，應該是說有個物體在小窗另一邊蠕動著。

那個物體看起來很像油性黏土捏成的大山，也很像融化中的冰淇淋，更像大型蛞蝓王。仔細一看，他全身上下布滿數也數不清的眼睛，看起來很噁心。

我拚命忍住想要尖叫的衝動，驚恐的想著：「這傢伙到底是什麼啊？為什麼全身都是眼睛……」

此時我還不知道這隻妖怪的名字叫「百目」。百目在候診室裡走來走去，他身上的眼睛四處張望，感覺很不安。

多虧鬼燈醫生幫我貼護身符，他身上那麼多隻眼睛，卻沒有任何一隻眼睛看到我。

我真的很不想跟這麼噁心的妖怪說話，但要是不趕他走，他一定會一直待在候診室。

於是我只好從配藥室的小窗開口說話：「嗯，哈囉！那個全身都是眼睛的物體。」

百目似乎聽到我的聲音，他身上無數的眼睛一齊看向我這邊。這個景象真的是太恐怖、太噁心了，我忍不住往後退了兩步。

健康檢查
不可過度變身!

「誰在說話話話話話……你在哪裡裡裡裡裡……」百目從體內發出顫抖的聲音說著。從他的反應看來，他真的沒發現我。我終於放下心中的大石頭，從小窗探頭出去。

「不好意思，鬼燈醫生外出看急診病患，現在不在。可以請你下次再來嗎？」

聽我這麼說之後，百目開始像果凍般晃動他的身體。

「他該不會是生氣了吧？」我很擔心自己惹他生氣，沒想到他乖乖的轉身就走。看著他的背影，我完全搞不清楚哪一邊是正面、哪一邊是背面。

「那我回家了了了了了……」長得很像蛞蝓王的百目一邊喃喃自語，一邊蠕動著他的身體走出門口，離開醫院。

「呼……好險……」好不容易鬆一口氣，但輕鬆的時刻轉眼就沒了，又有病患陸續走進鬼燈醫院的大門。

先是河童爺爺走進來，說要請醫生幫他去除背上硬殼的黴菌。

接著是轆轤首長頸怪，說她昨天晚上落枕了，脖子縮不回來。

不一會兒，又有一個臉上長了一隻眼睛，身材魁梧的和尚，邊打噴嚏邊走進來。

不僅如此，還有一團熊熊燃燒的藍白色鬼火，以及一條大到可以繞醫院一圈的巨蛇也走進醫院裡，我完全看不出他們哪裡不舒服。

除了一眼就能看出是妖怪的患者之外，還有一名長得十分漂亮的女子，一進候診室便坐在沙發上喊著：「我的蛀牙好痛，痛得受不了！」我強烈懷疑她應該是人類吧，怎麼會來這裡？沒想到下一秒她就撥開柔順的長髮，露出長在後腦杓的另一張嘴，對著我微笑，嚇得我說不出話。我猜她是傳說中的「二口女」，後腦杓那張嘴的臼齒好像蛀掉了。

不管來的是什麼妖怪，我都遵照鬼燈醫生的吩咐，請他們下次再來。

有些病患氣急敗壞的抱怨，有些人，喔，不，有些妖怪生氣的破口大罵，但我完全不理會他們。

漸漸的，我慢慢習慣請妖怪回去的工作。聽見門鈴響起，我再也不會不知所措。

不斷湧入鬼燈醫院的病患潮好不容易停了下來，我忍不住嘆口氣說：「鬼燈醫生到底什麼時候才回來啊……」

叮鈴咚隆、叮鈴咚隆。

外面又輕輕響起門鈴聲，提醒屋裡的人病患上門了。

「哎呀！又有病患上門了……」

我探出頭去，從小窗查看候診室的狀況。

我看見一隻無臉鬼站在候診室裡。

④又名酸漿，原產於南歐往東直到南亞、中國、日本。屬於園藝植物，果實可食用，亦可藥用。

8 無臉鬼與黑影老鼠

候診室裡的妖怪穿著灰色長褲，上身罩著白色開襟短袖襯衫，頭上還戴著一頂麥桿帽，腳上踩著木屐，手裡拿著一把白色扇子。這個裝扮怎麼看都是鄉下阿伯的穿著，唯一不同的就是這位阿伯沒有眼睛、嘴巴、眉毛、鼻子和耳朵。

麥桿帽下是一張光滑、沒有皺紋的臉。一張什麼都沒有的臉，看起來真的很奇怪。該有眼睛的地方沒有眼睛，該隆起鼻子的地方一片平坦，感覺就像是臉頰的皮膚覆蓋著整張臉。

這是我第一次見到無臉鬼。當無臉鬼走過小窗前，我目不轉睛的盯著他的臉。

他緩步走過候診室，沒有停下來等候叫號，直接走到診間門口。他的腳步歪斜不穩，似乎花了很大的力氣才能往前走，看起來很不舒服的樣子。

直到無臉鬼伸出手想要轉動診間門把，我才終於回過神，慌張的開口制止。

「哈囉！無臉鬼先生，醫生外出看診，現在不在。不好意思，請你在候診室……」

我還來不及說出「等一下」，無臉鬼就已經打開門，脫下帽子一鞠躬，走進診間。

我驚覺大事不妙，趕緊打開配藥室的小門，觀察診間裡的動靜，發現他已經坐在病患專用的旋轉椅上，打開手中的扇子在胸口附近搧風。

「呃……算了，隨他去吧……」我心想，在候診室等和在診間等應該沒什麼差別吧！再說，我不認為無臉鬼聽得到我說話。畢竟他沒有眼睛、鼻子、嘴巴和耳朵，也不能太強求他。

我從配藥室的小門悄悄溜進診間，坐在鬼燈醫生的辦公桌一角，默默注視著無臉鬼。

無臉鬼不時慢慢的轉動脖子，或用自己的手按摩脖子，看起來好像不太舒服。他沒說任何一句話。我也沒說話。不一會兒，無臉鬼開始打瞌睡，他的頭不停往前點。

此時，不可思議的事情發生了。

就在無臉鬼邊打瞌睡邊點頭之際，他的頭上開始冒出一團像是煤炭燒過後產生的黑色煙霧，感覺也像是一團黑影。

我一邊想著「那是什麼啊？」一邊緊盯著那團黑影不放。

那團黑影看起來像是從無臉鬼的身體慢慢冒出來。

黑影不斷往上冒，在診間的天花板結成一團，隱約形成某個形體。我屏住呼吸，看著那個物體成形。

啊！是老鼠！

黑色老鼠飄浮在半空中，低頭看著正在打瞌睡的無臉鬼。

老鼠的耳朵長長的、尾巴也長長的，看似不懷好意的雙眼在成形的黑影中央閃爍著，發出紅色光芒。

那隻黑影老鼠先是觀察了一下無臉鬼，不一會兒，開始在診間天花板晃來晃去。一下子跑到角落聞味道，一下子又飄到半空中俯瞰診間。

最後，黑影老鼠從空中降落，前腳放在無臉鬼的肩膀上，開始啃咬無臉鬼的頭！

雖然黑影老鼠做出啃咬的動作，卻沒有在無臉鬼的頭上留下齒痕，無臉鬼的頭也沒有被啃掉一塊。黑影老鼠不停啃咬，被啃的無臉鬼像是什麼事都沒發生一樣，繼續打瞌睡。

可是，我實在無法坐視不管，我打算抓住那隻老鼠。

打定主意後，我立刻採取行動。先是輕手輕腳的走到庭院，拿起剛剛靠在外牆上的魚網。接著躲在落地窗邊的隱密處，耐心等待時機。

黑影老鼠完全沒注意周遭發生什麼事，依舊飄浮在空中，啃著無臉鬼的頭。

我深吸了一口氣，數到三，舉起魚網向老鼠跳過去。就在網子即將蓋住老鼠的那一刻，黑影老鼠看了我一眼——照理說他應該看不見我，但他那雙閃著紅光的眼睛直勾勾的盯著我看。

我原本以為魚網已經蓋住了老鼠，沒想到那團黑影卻像雲霧被風吹散般瞬間消失，彷彿從未出現過。

一回神，我才發現魚網竟套在無臉鬼圓滾滾的頭上。

這個時候，正在打瞌睡的無臉鬼突然動了起來。

我嚇了一跳，趕緊將魚網丟到庭院裡，假裝什麼事也沒發生。

無臉鬼看似驚訝的用那張沒有眼睛的臉四處張望，接著舉起雙手，伸了一個大大的懶腰。不一會兒，他突然從椅子上起身，逕自走出屋外。

眼見無臉鬼要走了，我趕緊追出去，跟在他後頭說：「哈囉！無臉鬼先生，那個……請再等一下，再一下下就好，我想醫生很快、應該很快就會回來！」

無臉鬼仍自顧自的走掉了。他來的時候走路還搖搖晃晃的，沒想到走的時候腳步輕快，一轉眼便通過候診室，輕輕打開玄關門，從門縫「咻」的滑出去，離開醫院。

叮鈴咚隆、叮鈴咚隆。

安裝在大門上方的鬼燈球造型門鈴，再次輕輕響起。

叮鈴咚隆、叮鈴咚隆。

我看著緩緩關上的玄關門，聳了聳肩，告訴自己：「算了，不管他。我已經按照醫生交代的話做了。再說，是他自己等不下去要走，我也沒辦法。哼！那個醫生也真是的，還說馬上回來，結果到現在還不見人影，他是要我在這裡等多久啊！」

此時，放在診間辦公桌上的貓頭鷹石雕再次叫了起來，彷彿是為了回答我的問題而大叫。

「呼嗚嗚！呼嗚嗚！呼嗚嗚！呼嗚嗚！」

9 前往朱雀山的山頂

我趕緊回到診間查看發生什麼事，結果發現辦公桌上的貓頭鷹石雕又開始大叫：「緊急呼叫、緊急呼叫！你不要看錯了，我是貓頭鷹，不是九官鳥！」

「看也知道你是貓頭鷹。」我毫不客氣的說。

「你這小子挺囂張的嘛！要是不說通關密語『聰明的貓頭鷹大人，請告訴我』，我就不告訴你發生了什麼事。」貓頭鷹也不甘示弱的回答。

我雙手一攤，說：「沒關係，你不告訴我，我也無所謂。就算你告訴我誰在呼救，我也幫不上忙。只能等鬼燈醫生回來再說。」

「呼嗚嗚！笨蛋！這次是鬼燈京十郎醫生要找你。醫生說他需要幫忙，要你立刻過去。」

「我才不要，幹麼要去幫忙！」我忍不住對著貓頭鷹大吼。「開什麼玩笑！硬把我留在這裡已經夠煩了，我為什麼還要去幫忙他看病？我又不是醫生的助手或小弟！」

「呼嗚嗚！你對我說這些也沒用啊！」貓頭鷹石雕不懷好意的對著我笑，一邊轉動他的大眼睛。

接著貓頭鷹又說：「總之，你趕快去就對了！要是你惹鬼燈醫生不高興，事情就難收拾嘍！不要再說了，現在趕快出門吧！」

貓頭鷹石雕步步進逼，我忍不住大叫：「好啦，我去就是了！這樣總可以吧！你說吧，我要去哪裡？」

我放軟態度，貓頭鷹那傢伙竟然故意閉緊鳥嘴，恢復石雕的模樣，不再說任何一句話。

看他這個模樣，我深深的嘆了一口氣，按捺住焦躁的情緒，重新提問：「聰明的貓頭鷹大人，請告訴我該去哪裡找醫生？」

貓頭鷹一聽立刻笑了起來，努力轉動沉重的身體，看向庭院，緩緩張開鳥嘴對我說：「往南南西方向，前往朱雀山的山頂！」

可是，我根本沒聽過「朱雀山」，也不知道該怎麼去。

於是我問貓頭鷹：「朱雀山要怎麼去？坐電車還是搭公車？朱雀山離這裡很遠還是很近？」

我遲遲沒聽到貓頭鷹的回答，仔細一看，剛剛還在說話的貓頭鷹石雕已經閉上鳥嘴，恢復石雕狀態。不管我怎麼搖晃，將他翻過來或放在桌上滾，他依舊不發一語。

「哼！沒用的傢伙……」我將貓頭鷹推到桌子角落，開始思考接下來該怎麼辦。

不管是回家或去朱雀山，我一定要先離開這裡，一直待在醫院什麼也做不成。剛剛鬼燈醫生出去看診是從圍牆上的小門出去的，我應該也能從那裡出去。但前提是，我必須打得開那扇門。

「再去試試看吧……」我決定再去試一次。

我走進庭院，來到白色小門前。那道木門隱藏在玫瑰花叢裡，門關得很緊。陽光從樹葉縫隙灑下，照得黃銅門把閃閃發光。我深吸一口氣，伸出手轉動門把。

不可思議的事情發生了！剛剛完全無法轉動的門把，現在竟然打開了！

我開心的大喊：「太好了，我可以出去了！」

我將門把往內拉，毫不費力的打開木門。

一股強風從門口灌進來，吹得庭院裡的樹木沙沙作響。玫瑰花叢窸窸窣窣的搖動著，被吹落的玫瑰花瓣在我身邊飛舞。我抵抗著強風的阻力，逆著風往前走，出了小門。

走出小門之後，我來到一個陌生的地方。眼前是一整片茂密的杉木林，高聳的杉木直入天際，十分壯闊。我不記得自己住的門前町或里民活動中心那條路上，有這麼一片寬廣的杉木林。

這裡到底是哪裡呢？我究竟來到什麼樣的地方？

就在我站著發呆時，背後傳來木門「喀答」一聲關上的聲音。

下一秒我聽見熟悉的聲音說：「觀迎來到朱雀山！」

我趕緊回頭一看，鬼燈醫生從茂密的杉木林深處向我走來。

我才發現小門竟然消失了！我明明才聽見木門關起來的聲音，但回頭一看，木門竟然不見了，取而代之的是一片遼闊的杉木林。

我忍不住大聲驚呼：「咦？小門去哪裡了？紅磚牆呢？醫院呢？怎麼都不見了？」

鬼燈醫生說：「不用擔心，只要有鑰匙，隨時都能開門。先不管這些了，快來辦要緊事吧！不能老是放著醫院不管。」

我還搞不清楚什麼是要緊事、該怎麼辦，但既然來了，只好跟著鬼燈醫生走。

我跟在醫生後面，只見醫生穿梭在杉木林之間，跨過草叢，撥開纏繞在一起的草木樹枝，往森林深處走去。

「對了……」走在我前面的醫生開口說話，「無臉鬼來了吧？」

我回答：「來過了。他一來就打瞌睡，醒來就走了。」

接著我將事情經過一五一十的告訴醫生，包括無臉鬼在醫院的情形，以及他打瞌睡時冒出來的黑影老鼠。

醫生聽完之後說：「原來如此，那隻老鼠是附身鼠妖。」

附身鼠妖指的是附身在別人身體裡興風作浪的老鼠妖怪。

醫生還跟我說，妖怪界有一種疾病稱為「附身妖怪症候群」，除了附身鼠妖之外，還有「附身狐妖」、「附身貓妖」等等。

「那隻無臉鬼之前跟我說他的頭很痛，希望我能治好他。你說他打瞌睡的時候，那隻附身鼠妖一直在咬他的頭，對吧？這麼看來，

他頭痛的原因就是那隻鼠妖。後來你趕走了那隻鼠妖，無臉鬼的頭痛便不藥而癒。他感覺舒服就回家去了。」

我忍不住問醫生：「妖怪也會危害妖怪嗎？」

「當然啊！人類不也是一樣嗎？好朋友之間也會互相扯後腿、霸凌欺負，不是嗎？」

「這麼說也是……」醫生說的話

很有道理，我不禁點點頭。

「好了，我們到了。」鬼燈醫生說：「病人就在這個洞穴裡。」

定睛一看，我和醫生站在一個又深又大的洞穴前。

10 愛吃小孩的妖怪

那個洞穴看起來很陰森、很詭異。之前我跟醫生走在森林裡，四周吹起清爽的秋風；但現在站在洞穴前，只感覺到洞穴湧出一陣陣悶熱的、帶有腥羶味的污濁空氣。

我不由得吞了一口口水，問醫生：「這裡面有什麼？這次的病人又是誰？」

醫生簡短的回答：「是鬼。」

「他怎麼了？生病了嗎？」

「嚴格來說，他很健康，不能算是病人。我只是來幫他打預防針而已——每年下雪前都要幫鬼注射『鬼流感疫苗』。

「因為『鬼流感』病毒很難對付，只要一隻鬼感染，病毒很快就會蔓延。妖怪染病後，會開始出現流鼻水、關節痛、腹瀉、發燒等症狀。之前有一年鬼流感大流行，每天都有上百隻妖怪跑到醫院看病，我真的快累死了。為了避免同樣情形再次發生，之後我每年都會幫他們注射疫苗。」

「原來只是要打疫苗啊，那不是很簡單嗎？幹麼還要找我來？」

我一說完，醫生很嚴肅的點點頭，接著對我說：「是啊，真的很簡

候診時請安靜

單，只要那傢伙肯乖乖讓我打針就好了。」

我一聽立刻瞪大眼睛問：「你說什麼？」

「事到如今也不能再瞞你了。」醫生繼續說：「那傢伙最討厭打針，用『討厭』兩個字還不足以形容，應該說他最痛恨打針。他就是知道我今年差不多這個時間要來幫他注射疫苗，才躲進這個洞穴。他打算等我拿著針筒走進去時，一把咬住我的頭。去年他就咬了我的手臂，前年還從山頂丟石塊下來砸我的頭。」

聽醫生說了這麼多，我愈聽愈害怕，愈來愈不安，心中湧起一股不祥的預感。

醫生接著說：「每年我都不知道該拿他怎麼辦，但我覺得今天是解決這個問題的好日子。我不只正好有空，還有幫手可以幫忙……」醫生忽然停下來，看了一眼在一旁沉默不語的我。

我感受到醫生的眼神，驚慌的問：「幫手？你是說我嗎？」

「沒錯！」醫生爽朗的點點頭。

我心頭一沉。「可是……我要做什麼呢？我又不會打針。」

「你只要站著就好。」醫生回答。

「只要站著就好？」我複述一遍醫生的話。

只見他立刻別過頭去，故意不看我。

醫生的反應真的很不對勁，我覺得這件事情一定沒有他所說的這麼簡單。

於是我又追問：「醫生，你可以說清楚一點嗎？為什麼我只要站著就可以幫上忙？」

「這個啊，簡單來說……」醫生一邊將手伸進黑色看診包假裝翻找物品，一邊連珠炮似的回答我：「鬼很喜歡人類的小孩，你只要站在洞穴前，那傢伙一定會跑出來。只要他跑出來，我就能抓準時機打針。」

我反覆思考醫生說的話，終於發現哪裡不對勁！

醫生說「鬼很喜歡人類的小孩」並不是指「鬼喜歡跟人類的小孩做朋友」，而是指「鬼最愛吃人類的小孩」。就像我喜歡吃洋芋片一樣，鬼也喜歡吃人類的小孩……換句話說，鬼看到我一定會很想吃掉我！

「我不要！我不要！我死都不幫忙！竟然叫我當誘餌將鬼引出來，我才不要！」

「哎呀！先不要這麼激動嘛！」醫生拚命安撫我的情緒。「你忘了嗎？我在你背上貼了護身符啊！不要怕，沒事的。雖然鬼會聞到你的氣味，從洞穴裡跑出來想要吃掉你，但他完全看不到你，不知道你在哪裡。你不會有生命危險。只要鬼一出來，我就會對付他。你要相信我，我可是專業醫生，這個世界上獨一無二的妖怪內科醫生啊！只要你幫我，我一定會好好獎賞你。」

我和醫生沉默的對看，他粗眉下的銳利雙眼閃爍著光芒，不斷對我發出期待的眼神。

不知道我跟醫生對看了多久，最後我再也堅持不下去，決定舉手投降。

我垂頭喪氣的對醫生說：「好啦！我答應幫你。」

「真是太好了！」醫生開心大叫，拍了拍我的肩膀說：「從現在起，你就是我的助手。」

我什麼時候變成鬼燈醫生的助手了？雖然心裡這麼想，但我沒有說出來。

醫生笑容滿面的從看診包拿出特大號針筒和特大號玻璃瓶裝藥劑——那應該就是「鬼流感」疫苗。

醫生將針頭插入玻璃瓶，吸滿整支針筒後，抬頭看向我。他用尖尖的下巴前端指著洞穴入口，示意我「快過去」。

我慢吞吞的在樹林間前進，走向洞穴前方。鬼燈醫生拿著針筒和看診包，跟在我後面。

我今天到底走了什麼霉運？先是被強迫留在醫院看守，現在還要當誘餌引鬼出洞……

我站在漆黑的洞穴前面，聽見心臟快速跳動的聲音，內心充滿不安與緊張。

我看了一眼躲在入口旁松樹後方的鬼燈醫生，決定為了我的自身安全做最後的掙扎。我跟醫生提議：「我想我們還是不要幫鬼打預防針，現在就回家，好不好？」

醫生嚴厲的看著我，搖搖頭斷然拒絕。

「我也只是問問看而已。」我失望的嘆了一口氣。

既然事情已經到了這個地步，那就放手一搏吧！我決定相信鬼燈醫生的醫術，在洞口等鬼出來。

就在此時，我看到醫生從黑色看診包裡拿出一把大扇子，對著我搧風。

醫生這麼做並不是怕我熱，而是要將我身上的味道送進洞穴將

鬼引出來。就像鰻魚店老闆在烤鰻魚時，都會用扇子搧風，讓更多人聞到鰻魚香味，吸引饕客上門。

真是太過分了！我不禁在內心翻了好幾個大白眼。

11 我會被鬼吃掉嗎？

不一會兒，我聽見洞穴深處好像有什麼動靜，我趕緊跟鬼燈醫生說：「醫生，可以不要再用扇子搧我了嗎？」

只見一團黑影在洞穴深處慢慢脹大，腥羶的味道愈來愈強烈，不斷湧出洞口。接著我聽見一陣陣沉重的腳步聲，從聲音不難想像，這隻鬼的體形十分龐大。

來了！有東西要從洞穴裡出來了！

是鬼！鬼要來吃掉我了！

我的雙腿不斷在發抖，我的心撲通撲通的跳。我嚇出一身冷汗，整個背都溼了。

「忍耐一下，站在那裡不要動，一定要等到那傢伙出來才行。」鬼燈醫生躲在松樹後面小聲的提醒我。我用力穩住雙腳，全身僵硬的站在洞穴前。醫生依舊在我身後搧扇子。

咚、咚、咚！隨著鬼的腳步聲愈來愈靠近，我深刻感受到每個步伐踩在地面引起的震動。鬼已經接近洞口了。

該來的終究躲不掉。我看見一道黑影晃到洞口，下一秒，一隻身形巨大的鬼從洞裡走出來。

出現在我眼前的巨鬼頭上頂著兩隻高聳的角，雙眼發出銳利的光芒，他一出洞便四處張望。他的雙手十分粗壯，長滿體毛；有著長長趾甲的雙腳穩穩的踩在地面上。

巨鬼喃喃自語：「有人類的味道！我聞到人類小孩的味道！啊，我的美食在哪裡！」

巨鬼用他的鼻子到處嗅聞，一邊發出低沉的吸氣聲。從他的舉動看來，他應該沒看到我。

無奈人算不如天算。此時突然吹起一陣強風，搖動樹梢，發出「咻咻咻」的聲音。強風吹到洞穴附近，掀起一股迴旋氣流。

我看到一張白色紙張掠過我的脖子，飄向風中。定睛一看，我忍不住倒吸一口氣。

「那是護身符！我背後的護身符飛走了！」眼見護身符被風吹走，我抬頭看著護身符的眼神正好對上巨鬼的雙眼。巨鬼眼神發亮，露出詭異的笑容。

我大聲尖叫：「救命啊！」

巨鬼開心大喊：「我找到啦，原來美食就在我眼前！」

糟了！被巨鬼發現了！保護我的護身符被風吹走，巨鬼可以清楚的看見我。

快逃！我要逃！我得趕快逃才行！

眼見巨鬼就要來吃我，我拚命抬起僵硬的雙腿，跌跌撞撞的轉身就跑。

「哼哼哼、嗯嗯嗯。」巨鬼愉快的用鼻子哼著歌，在我後頭緊追不放。

我不禁在內心想著「完了！我慘了！我逃不掉了。」巨鬼伸出粗壯的雙手想要抓住我，就在我以為自己要被抓住時，鬼燈醫生挺身而出，大喊：

「站住！你這個沒用的窩囊鬼！看我這裡！今年我也給你帶來準備已久的禮物呢！」

巨鬼聽見有人在大吼大叫，一臉不耐煩的轉頭看向鬼燈醫生，頓時他的身體像是石頭般動彈不得，原本伸向我的粗壯手臂也停在半空中。我害怕的抬頭一看，先是看到停在半空的手臂，再看向巨鬼，只見他瞪大雙眼，一動也不動。

我還搞不清楚究竟發生了什麼事。鬼燈醫生從我身後跑來，一手拿著大型針筒，另一手高舉寫著「惡鬼封印」的白色符咒，跑到巨鬼面前。

醫生將符咒高舉在巨鬼眼前，拿著大型針筒的那隻手朝巨鬼粗壯的手臂刺入，兩三下便完成注射疫苗的工作。注射完畢後，醫生才對著瞠目結舌的我說明來龍去脈。

「這是用來封印鬼的符咒。大多數的鬼只要看到這張符，就會像石頭一樣全身動彈不得。我每年都是用這個方法制伏這傢伙，完成注射。就是因為這樣，他今年才會躲在陰暗的洞穴，躲避封印符的攻擊。這次多虧你的幫忙，順利將鬼引出來，幫我解決這樁心事。真是可喜可賀、可喜可賀啊！」

鬼封印

我呆呆的看著巨鬼，心想原來巨鬼打疫苗既不會哭，也不覺得痛，真乖啊！不過，轉念一想，也可能是因為他被符咒封印，所以才沒辦法做出任何反應。

趁著巨鬼仍無法動彈，醫生迅速收起針筒，拿起看診包，一派輕鬆的對我說：「我們回去吧！」

「回去？要怎麼回去？」我轉頭看向茂密的森林，尋找可能的出路。鬼燈醫生將手伸進口袋，拿出某項物品。

我仔細一看，那是一顆鬼燈球造型的鈴鐺。

12 鬼燈球魔法鈴

叮鈴、叮鈴、叮鈴。

醫生搖了一下鬼燈球魔法鈴，清透的鈴聲響徹森林。鈴聲聽起來像是吟唱，又像是低喃，感覺很神奇。

醫生對我說：「來吧！門開了。」

我還沒意會到醫生在說什麼，四處張望才發現，我的背後不知何時出現了醫院的紅磚牆，紅磚牆的小門就在我的眼前。我可以看到紅磚牆後，排列得像魚鱗的醫院屋瓦。

鬼燈醫生走在我前面，拉開木門。接著轉頭笑著對我說：

「還記得我說過的嗎？只要有鑰匙，隨時都能開門。」

醫生說完之後便走進去，我也趕緊跟在他後頭進了小門。之前出去時，我被一股強風往外吹；現在，我同樣被一股強風往裡推。

強勁的風勢吹得我的身體往前傾，差點站不穩。走進小門後，我看見鬼燈醫院的圓形庭院，盛開的玫瑰叢依舊左右搖晃著。

此時的我彷彿在黎明前做了一個短暫的夢，感覺很不真實。

我猜想從這道小門前往朱雀山山頂，到完成任務回來，並沒有

花太多時間。秋天的太陽還閃耀著金色光芒，灑了庭院一地，也溫暖了清新的空氣。

早我一步走過小門的鬼燈醫生逕自走入診間，一屁股坐進黑色扶手椅，伸直雙腿。

只見他自顧自的說：「好累啊！今天真忙！不過，一想到終於幫那個麻煩鬼打好疫苗，就覺得一切都值得了。天狗老頭的鼻子也打了石膏，無臉鬼的頭痛也在我外出的時候醫好了——

「對了，說到這個，我覺得請個助手好像也不錯，總比我一個人忙得團團轉來得好。」

鬼燈醫生說完後，瞇起犀利的雙眼，笑呵呵的看著我。接著說：「好了，你也差不多該回家了。雖說時間在我們這個世界毫無意義，時間只在巷子口的另一邊流動，不過，你也不可能一直待在這裡。」

此時，玄關傳來「叮鈴咚隆」的門鈴聲，醫生皺起眉頭，不耐煩的說：

「好像又有病人來了，你趕快回去吧！我要開始看診了，你快回到巷子的另一邊吧！我已經幫你打開入口大門，你就沿著剛剛走來的小巷回去。」

我撿起之前丟在庭院一角的魚網，一想到以後再也不會來這家醫院，既覺得鬆了一口氣，又感覺有點失落，心情五味雜陳。

「醫生再見。」我向鬼燈醫生道別，只見他坐在辦公桌前寫東西，頭都沒抬起來。

我輕輕嘆了一口氣，安靜的走開。

正當我走到房子的外牆，撿起放在小窗下的藍色水桶時，我忽然聽見鬼燈醫生的聲音。

我抬頭一看，醫生從開著的小窗探出頭，對我說：

「我差點忘了要獎賞你。把手伸出來——這就是我的謝禮。」

我將手伸到小窗下方，醫生丟了一樣東西到我的手掌，發出輕微的叮鈴聲。我立刻握緊拳頭，避免東西掉出去。

我收回手，張開握緊的拳頭一看，感到非常驚喜。我問醫生：

「這是……鬼燈球魔法鈴？」

醫生在小窗內露出淺淺一笑，對我說：「這是鑰匙，是連結這家醫院和外面世界的大門鑰匙。只要你想來這裡，就在郵筒前搖一下鈴，巷子口的大門將為你敞開。」

13 妖怪內科的助手

我將鬼燈醫生給我的鑰匙小心翼翼的收進口袋，拿起魚網和水桶走進長長的窄巷，往剛剛來的反方向走。

在往回走的過程中，我與好幾隻要去鬼燈醫院看病的妖怪擦身而過。不過，在巷子裡遇到的妖怪看起來很朦朧，感覺很像影子，不像在鬼燈醫院遇見的妖怪那麼清楚。那些妖怪完全沒注意到我，很自然的穿過我的身體，往巷子裡走去。

離鬼燈醫院愈遠，那些妖怪的影子就愈模糊；最後，我與一團

看似熱氣的神祕物體擦身而過，下一秒便見到從出口照射進來的光線。

我大喊著：「出口終於到了！」然後往外跑。

我擔心醫生幫我打開的大門隨時都會關起來，於是加快腳步往前跑，最後一段路幾乎是跌跌撞撞的滾出來。我看到燦爛的陽光，不由得情緒激昂。

等我靜下心來，仔細查看四周，發現這裡正是門前町的玉之辻十字路口。四周景象一如往常，絲毫沒有任何異狀。我不禁鬆了一口氣，開心到無法控制的大笑出聲。

笑了幾聲之後，我立刻回頭看，那條巷子已經不見了。我才剛跑出來，沒想到一眨眼的時間巷子便消失無蹤，真是不可思議。無論我怎麼看，都找不到巷子入口。

路邊的黑色圍牆與隔壁房子的白色圍牆緊密相連，兩者之間毫無空隙。郵筒也跟以前一樣靜靜佇立在黑色圍牆前。

我輕輕將手伸進口袋裡，我的手指頭碰到了鬼燈球魔法鈴，發出細微的叮鈴聲。

這果然不是一場夢，我真的不是在作夢。我的手裡握有打開鬼燈小路大門的鑰匙。

我緊握著躺在口袋深處的鬼燈球魔法鈴，沐浴在秋天暖陽下，走向回家的路。

我不禁猜想，自己什麼時候才會再次經過那條小巷，前往鬼燈醫院？

我可是這個世界上獨一無二的妖怪內科醫生聘請的獨一無二的助手。一想到這一點，我忍不住得意起來。

此時肚子又不爭氣的叫了起來——唉，我真的好餓啊！

馬路對面不斷飄來陣陣咖哩香，秋風帶著各家午餐的味道吹過十字路口的每個角落。

POST

鬼燈京十郎的診療日記　無臉鬼篇

10月28日星期五

無臉鬼到醫院來了。

無臉鬼，又名野箆坊、無臉妖。臉上沒有五官，看起來很奇特。以前知名作家小泉八雲⑤先生，曾經寫過一篇鬼怪故事，名為〈貉〉。裡面提到的妖怪就是無臉鬼。

故事描述一名男子在東京的紀國坂，遇見一名沒有眼睛、鼻子與嘴巴的女子，他嚇得驚慌失措，逃進蕎麥麵攤。男子向麵攤老闆敘述自己的遭遇後，老闆竟轉過頭問：「是這樣的臉嗎？」原來麵攤老闆也有一張沒有五官的臉。

無臉鬼最擅長的就是露出自己的臉嚇人，除此之外，不會做任何壞事。我從來沒聽過有人被無臉鬼附身或殺害，因此將無臉鬼歸類在無害類妖怪之列，一點也不為過。

不巧的是，無臉鬼到醫院看病時，我正好外出看診。在此之前，我留下一名人類小孩幫我看著醫院，請他代為招呼無臉鬼。沒想到他竟誤打誤撞的擊退附身在無臉鬼身上的附身鼠妖。

他看見打瞌睡的無臉鬼頭上冒出一隻黑影老鼠，趕緊拿了魚網想要捕捉鼠妖，他不知道這個下意識的舉動是最正確的處理方法。

一般來說，攻擊妖怪的影子會比攻擊妖怪本身來得有效。多虧了他，才能解決無臉鬼的問題。

這個小朋友真是不簡單，我決定聘請他擔任我的助手。

⑤小泉八雲是出生於希臘的日本小說家，原名為派屈克·拉夫卡迪奧·赫恩（Patrick Lafcadio Hearn）。他是現代日本怪談文學鼻祖，他的作品〈黑髮〉、〈雪女〉、〈無耳芳一〉和〈茶碗〉等短篇鬼故事曾被改編成電影。他搜集日本民間故事所創作的《怪談》是日本靈異文學代表作。

讀書會之妖怪小學堂

在鬼燈醫院裡，來看病的全都是妖怪。
你知道這些妖怪們各是什麼來歷嗎？
一起來看關於這些妖怪們的小祕密吧！

狐妖

狐妖又稱妖狐、狐狸精。狐狸精的概念最早源自中國，傳到日本後加入了妖怪的特徵，又與日本民間信仰混合，日本就有了自己的狐妖。在日本佛教觀念裡，狐妖被視為農業神的使者，會保護田產，因此受到日本人的崇拜。

中國傳說裡最有名的狐妖故事，是九尾狐化身商朝紂王的愛妃妲己；她迷惑紂王使其變得殘暴害民，最後導致商朝亡國。

天狗

天狗是日本相傳最惡最強的妖怪之一。中國傳說中天狗的形體比較像狐狸，但在日本，天狗的臉是紅色的，有著高高的紅鼻子，看起來更像長鼻猴。天狗的身材非常高大，手上通常拿著團扇或寶槌，身穿盔甲，腰際佩戴武士刀，腳下穿的是日式傳統高腳木屐。

天狗有善也有惡。善良的天狗會做好事、幫助人類；惡的天狗會作亂。天狗最討厭鯖魚的味道；如果想要打敗天狗，只要讓他聞到鯖魚，他一定會立刻離開。

無臉鬼

在日本傳說裡，有一種稱為「野篦坊」的妖怪，通常是狐或狸這類動物為了嚇人而變成的。他們沒有眼睛、鼻子、嘴巴，一張臉光溜溜的像光滑的水煮蛋一樣，所以被稱為「無臉鬼」或「雞蛋臉妖怪」。

現今知名度最高的無臉鬼，應該就是日本動畫大師宮崎駿的作品《神隱少女》中的無臉男。他全身黑色，戴著一個白色面具，陰沉的外面下其實有著非常善良的心。他原本獨來獨往的很寂寞，最後受到女主角的幫助和解救。

百目

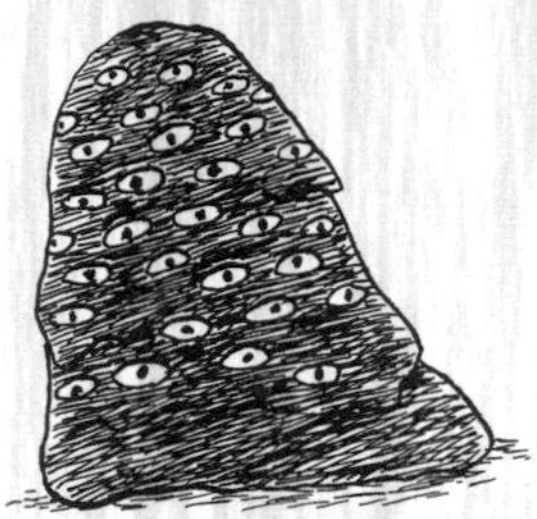

日本傳說裡的百目妖怪，據說是由一名女扒手變成的。傳說有偷竊習慣或有做虧心事的人身上會長出眼睛。這個喜歡偷竊的女人，每偷一次東西，身上就長出一個眼睛；如果長出的眼睛超過一百個，就會變成非常可怕的妖怪。

百目妖怪的頭髮很長，身上穿著寬大的長袍，因為全身上下都長滿眼睛，一碰到衣服就會非常疼痛。而且因為白天陽光太刺眼，所以百目只在夜晚活動。

二口女

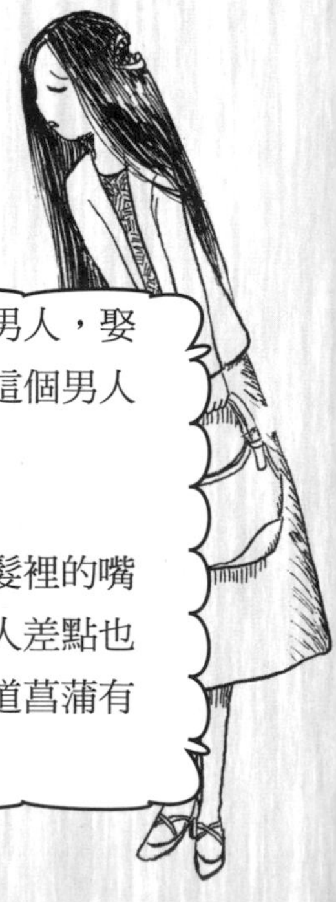

如果你有兩個嘴巴，你會用來做什麼？日本傳說中有個非常小氣的男人，娶了一個妻子，這個妻子最特別的地方就是她每天都不用吃飯。正當這個男人很高興可以節省開銷，卻發現家裡的食糧大量減少。

有天他假裝外出後偷偷回家查看，發現妻子居然正用藏在後腦勺頭髮裡的嘴巴吃飯！原來這個妻子就是傳說中的二口女。後來，這個吝嗇的男人差點也被二口女吃掉，幸好躲進菖蒲叢裡才平安無事。也因此，大家才知道菖蒲有避邪的功效。

附身鼠妖

附身鼠妖指的是附身在別人身體裡作亂的老鼠妖怪。日本傳說中比較有名的鼠妖是一種名為「鐮鼬」的妖怪。他的外形像鼬鼠，會以旋風的形象出現，然後像一把鐮刀般的把人劃出傷口，可是受傷的人卻不會覺得痛。也有地方傳說鼬鼠會用後腿直立起身體、盯著人的臉看，此時他正在數人的眉毛，從而使人產生幻覺。

除此之外，鼬鼠也與火災的傳說有關。據說只要發現鼬鼠在夜裡聚集，聚集之處會形成火柱，火柱消失後，那裡就會發生火災。

小時候會讀、喜歡讀，不保證長大會繼續讀或是讀得懂。我們需要隨著孩子年級的增長提供不同的閱讀環境，讓他們持續享受閱讀，在閱讀中，增長學習能力。
這正是【樂讀 456】系列努力的方向。 —— 中央大學學習與教學研究所教授 **柯華葳**

系列特色

1. 專為已經建立閱讀習慣的中高年級以上讀者量身打造。
2. 兩萬到四萬字的中長篇故事，培養孩子的閱讀續航力。
3. 多元化題材及結構完整的故事內容，全面提升閱讀、寫作及表達能力。
4.「456 讀書會」單元，增進深度理解與獲得新知。

妖怪醫院

世上絕無僅有的【妖怪醫院】開張了！
結合打怪、推理、冒險……「這是什麼鬼！？」
新美南吉兒童文學獎作家富安陽子
最富「人性」與「療效」的奇幻故事

故事說的是妖怪，文字卻很有暖意，從容又有趣。書裡的妖怪都露出了脆弱、好玩的一面。我們跟著男主角出入妖怪世界，也好像是穿越了我們自己的恐懼，看到了妖怪可愛的另一面呢！

——知名童書作家 **林世仁**

生活寫實故事，感受人生中各種滋味

★北市圖好書大家讀推薦入選
★教育部國民中小學新生閱讀推廣計畫選書

★教育部性別平等教育優良讀物
★文建會台灣兒童文學一百選
★中國時報開卷年度最佳童書
★新聞局中小學優良讀物推介

★中華兒童文學獎
★文建會台灣兒童文學一百選
★「好書大家讀」年度最佳讀物
★新聞局中小學優良讀物推介

創意源自生活，優游於現實與奇幻之間

★系列曾獲選好書大家讀年度最佳讀物獎、入選義大利波隆那同書展臺灣館推薦書

《神祕圖書館偵探》系列，乍聽之下是個圖書館發生疑案，要由小偵探解謎的推理故事。細讀後發現不完全是如此，它除了「謎」以外，也個充滿想像力的奇幻故事。

——臺南大學附設實驗小學教師 **溫美玉**

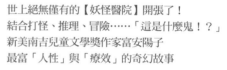

掌握國小中高年級閱讀力成長關鍵期

樂讀456，深耕閱讀無障礙

學會分析故事內涵，鍛鍊自學工夫，增進孩子的閱讀素養

奇想三國，橫掃誠品、博客來暢銷榜

王文華、岑澎維攜手說書，用奇想活化經典，從人物窺看三國

本系列為了提高小讀者閱讀的興趣，分別虛構了四個敘述者的角度，企圖拉近歷史與孩子之間的距離，並期望，經由這些人物的事蹟，能激發孩子對歷史的思考，並發展出探討史實的能力。

——東華大學中文系教授、「三國學」專家 **王文進**

一般人只看到曹操敗得多淒慘，孔明贏得多瀟灑，我卻看見曹操的大器，拿得起，放得下！

——**王文華**

如果要從三國英雄裡，選出一位模範生，候選人裡，我一定提名劉備！

——**岑澎維**

孔明這位一代軍師生在當時是傑出的軍事家，如果生在現代，一定是傑出的企業家！

——**岑澎維**

孫權的勇氣膽略，連曹操都稱讚：生兒當如孫仲謀！

——**王文華**

黑貓魯道夫

一部媲美桃園三結義的黑貓歷險記

這是一本我想寫了好多年，因此叫我十分妒羨的書。此系列亦童話亦不失真，充滿想像卻不迴避現實，處處風險驚奇，但又不失溫暖關懷。寫的、說的，既是動物，也是人。

——知名作家 **朱天心**

★「好書大家讀」入選
★榮登博客來網路書店暢銷榜
★日本講談社兒童文學新人獎
★知名作家朱天心、番紅花、貓小姐聯合推薦

★「好書大家讀」入選
★日本野間兒童文藝新人獎
★日本路傍之石文學獎
★知名作家朱天心、番紅花、貓小姐聯合推薦

★知名作家朱天心、番紅花、貓小姐聯合推薦

★日本野間兒童文藝獎

妖怪醫院 1

妖怪也會感冒

文｜富安陽子
圖｜小松良佳
譯｜游韻馨

責任編輯｜許嘉諾
美術設計｜林佳慧
行銷企劃｜葉怡伶

天下雜誌群創辦人｜殷允芃
董事長兼執行長｜何琦瑜
兒童產品事業群
副總經理｜林彥傑
總編輯｜林欣靜
主編｜李幼婷
版權主任｜何晨瑋、黃微真

出版者｜親子天下股份有限公司
地址｜台北市 104 建國北路一段 96 號 4 樓
電話｜（02）2509-2800　傳真｜（02）2509-2462
網址｜ www.parenting.com.tw
讀者服務專線｜（02）2662-0332　週一～週五：09:00~17:30
讀者服務傳真｜（02）2662-6048
客服信箱｜ parenting@cw.com.tw
法律顧問｜台英國際商務法律事務所 ・ 羅明通律師
製版印刷｜中原造像股份有限公司
總經銷｜大和圖書有限公司　電話：（02）8990-2588

出版日期｜ 2016 年 10 月第一版第一次印行
　　　　　2022 年 8 月第一版第二十二次印行
定　　價｜ 260 元
書　　號｜ BKKCJ035P
ISBN ｜ 978-986-93668-2-3

訂購服務
親子天下 Shopping ｜ shopping.parenting.com.tw
海外 ・ 大量訂購 ｜ parenting@cw.com.tw
書香花園｜台北市建國北路二段 6 巷 11 號　電話（02）2506-1635
劃撥帳號｜ 50331356 親子天下股份有限公司

國家圖書館出版品預行編目資料

妖怪醫院1：妖怪也會感冒／富安陽子文；小松良佳圖；游韻馨譯. -- 第一版. -- 臺北市：親子天下, 2016.10
152面；17x23公分. --（樂讀456系列；35）
ISBN 978-986-93668-2-3（平裝）

861.59　　105017606